KB054484

광주의 푸가

광주의 푸가

초판 1쇄 발행 | 2022년 1월 27일
초판 2쇄 발행 | 2022년 5월 26일

지은이 | 박관서
펴낸이 | 황규관

펴낸곳 | (주)삶창
출판등록 | 2010년 11월 30일 제2010-000168호
주소 | 04149 서울시 마포구 대흥로 84-6, 302호
전화 | 02-848-3097
팩스 | 02-848-3094

ⓒ박관서, 2022
ISBN 978-89-6655-148-4 03810

광주의 푸가

박
관
서

시
집

삶창

원래 작년 5·18광주민중항쟁 40주년에 맞추어 내
려고 준비한 졸시들이지만 주위에서 충분한 일들이
벌어지기에 슬쩍 피했었다. 그리고 독재자도 죽었다.
다시 바라보아야 한다. 어쩌면, 자유를 행사하기 위한
자유를 쟁취하기 위한 투쟁만이 아니라, 순전한 자유
를, 우리들의 삶으로 구사하기 위한, 실은 작고 얇아
서 더 힘든, 온전한 자유를 찾아 나서야 한다.

차례

2부   광주의 푸가

1
부

약산의 나라

달맞이꽃

당신과 싸우지 않겠다

언덕을 넘어 함께 거닐던 저녁 바람이
아무리 앙칼지게 불어와도

푸른 잎새 노란 어금니를 앙다물고
당신이 증오하는 당신은 되지 않겠다

당신의 그림자로 당신을 덮지 않겠다

길이 갈리면 고요히 손을 흔들며
길에 깔린 기억을 일으켜 세워

지친 당신을 감싸보련다 멀리 있어
가득 차오른 달빛을 보며 둥실

허리를 꺾어 휘파람을 불어보련다

광주행

너를 지우는 시간이 길다
송정리역에서 내려 막국수 한 그릇 말아 먹고
다시 지하철을 타고 돌고개로 간다
몇몇 떠오르는 이들에게 연통을 넣을까 말까
핸드폰을 만지작거린 지 오래되었다
손에 쓸리는 턱수염도 어제 같아서
깨끗이 밀고 네게로 잠행한다
하늘 아래, 날벼락도 이슬비도 휘날리는 깃발도
저항하는 몸도 슬픔도 언어도
붉은 용암으로 분출되는 것을 보았다
묵힌 분노만이 사랑이 된다 애먼
사랑 타령이 아니라 이 지상에 살아가는 동안
눈먼 살을 털고 이백여섯 개의 잠든 뼈를 들쑤셔
어둔 울타리에 갇혀 성난 울타리를 짜고 있는
너와 나를 지우며 간다 오래오래
품으로 깃드는 바람이 깊다

회인에서

—오장환 시 「성벽」에 대한 오마주

슬프게도 지금은 월북할 나라도 없어
옛날 아비들이 멍든 발과 무릎으로 넘었다는
피반령 고개를 넘어 괴목을 지나
오장환 시인의 생가에 스며들었다
옥빛 하늘보다 고운 마을 이름 회인을 새김하며
지금은 '뜨거운 물 끼얹고
고춧가루 뿌리던'* 이민족보다 독한
동족들도 없어 목욕탕에도 자유로이 가고
가계부는커녕 일기도 쓰지 않는 나날들을
반성하며 흙 마당에 글씨를 쓰다가 불쑥
그가 불러냈던 빨치산 시인 유진오를 생각했다
오직 시인으로 살고자 제살붙이도 모르는
말과 마음만을 뒤적이는 '이끼와 등넝쿨이
서로 엉키어'* 지저분해진 성벽을 향해
속에서 이는 가래침을 뱉었다 슬슬
발로 비비며 묵은 분단의 올무에 걸려 이를
걷어낼 시인이 되려는 시인이 있을 리 없어
시인에게 절 한 자루 올리지 못하고

끈적끈적한 얼굴을 마냥 쓰다듬으며
도망치듯 집으로 돌아왔다 그러고 보니
마을 이름이 서정시처럼 쓸쓸해졌다, 회인!

* 오장환 시 「성벽」에 나오는 구절을 인용함.

빚

뒤를 돌아보지 않는 믿음은 위험하지만
앞을 바라보지 않는 믿음은 없다
벌써 사십 년째
매년 오월이면 광주 망월동에 빠짐없이
다녀간다는 그는 팔십 년
계엄군의 총탄에 이미 죽었어야 할 목숨인데
아직 살아 있으므로 응당 그러하다며
그러므로 한번 쓴 시는 수정한 적이 없다며
예수처럼 환한 얼굴로 이야기할 때
속곳을 풀어헤친 시들이
한 걸음 두 걸음
내게서 멀어져갔다 하지만
믿음 없는 이들이 남에게 빚을 놓지 않듯이
그에게 미안한 나는 가끔씩 그를 만나면
죽어도 감지 않는 눈빛을 본다
갚지 않고서는 나아갈 수 없는 빚을
뒤를 돌아봐야만 보이는
빚을, 슬프고 맹랑한 앞을 바라보곤 한다

길

일순, 뜨거운 냉기가 흘렀다

서로 죽겠다고 서로 살라고 탱크와 헬기에 포위된
어지럽고 좁은 도청 사무실로 찾아온

예수 같기도 하고 석가모니 같기도 하고 또는 수천
수만 년 멀리 종족의 안녕을 위해

풀밭을 갈고 냇물을 막고 덫을 놓아 생명으로 생명
을 취해온 인간의 죄를 사하기 위해

심장을 도려 생피를 받아낼 희생양이 되기 위해 힘
을 다해 다투던 인디언 사내와 처녀들이

아직 가보지 못한 나라의 문을 열려고 생생한 등뼈
를 서로 떠밀어내고 있었다 밖에서는

마늘을 찾는 야수들이 서걱거리고

눈빛

당신들에 관한 이야기가 아니다

여순 사건인가
항쟁인가에 대한 이야기도 아니다

흑백으로 남은 사진 한 장을 보면서

양손을 뒤로 철삿줄로 묶여 줄줄이 자기들이 판 죽음의 구덩이를 향하여 조기 두름처럼 묶여가던 이들과 이들을 바라보며

흰옷을 움켜쥐었거나 총을 든 이들의 그 무연한, 지상에서의 빛을 모두 걷어내고 죽는 이든 사는 이든 누구든 스스로는 감지 못할

생선처럼 동그란 눈에 관한 이야기이다 언제까지나 스며드는 서늘함이다 포유류가 살지 못하는 물속에서는 오직 기다려야만

말이 말이 되는 것인가
고통은 당신들의 것이 아니다

키 큰 칼빈총을 들고 오월 금남로를 향해 달리는 카고 트럭 짐칸에서 머리칼을 날리며 하늘 너머 하늘을 바라보며

빛을 지워 빛을 찾아내던 소년의
눈빛에 대한 이야기이다

당신들의 이야기는 전혀 아니다

조태일문학관

꿈꾸지 않는 자들은 변절을 한다

밖으로 밀려난 이들 밟히는 풀들 그리고
뜨거운 가슴을 사랑했던

竹兄의 안내를 받으며 올라가는
동리산 계곡에서는

치아를 닦는 양들의 울음이 들렸다
그랬다 남북으로 갈린

빨강 개와 노랑 개들이 서로
이빨을 갈며 쫓아온들

굽이쳐 흐르고 흘러서야 일어서는
산중 새하얀 뼈들이 내는

국토 찬가를 들을 리 없다 조태일

문학관으로 가는 길은

산골짝을 휘감아 능히 길을 내는
소리의 파도를 타는 일이다

말하지 않는 시를 몰아내는 일이다

망월동에서

타닥타닥 탁탁 탁 타다닥 탁

하얀 향내가 온통 반긴다 먼 길을 달려온 망월동 언덕에 깜박깜박 신호가 오른다

오월이면 하얗게 센 모스부호가 줄줄이 매달린다 이팝나무 때죽나무 고봉으로

물구나무를 선다 제 몸을 지우며 나오는 소리는 대낮인데도 환한 손가락 열 개의 뼈와 살로

감싸 안아 어두운 얼굴을 적신다 마음은 덤으로 둥근 꽃대를 내밀어 부서진 기억을 되살린다

그냥 사라지는 건 없다 누군가 불러주지 않아도 누군가로부터 들리는 슬픔이 그대에게 이른다

가만히 들어보면 속불이 타는 소리다 투둑 투둑 툭

툭, 그렇듯이 오월의 암구호는

여전히 '꺼지지 않는/ 불꽃'이다

얼굴 소묘

내 얼굴을 때리고 찌르고 쏴서 밟아
뭉갠 후 어디론가 데려다 파묻어버린 그이의 얼굴
로 산다

사랑하는 여인과 키스를 하고 어린아이들과 스스럼
없이 포옹도 하면서
이웃 친구를 만날 때는 스킨로션을 바르고 거울도
본다

가끔 눈알이 없어지기도 하고 한쪽 귀가 사라지거
나 혓바닥이
굳어서 검은 숯덩이가 되어

깜짝 놀라 성경책을 꺼내어 움켜쥐기도 하지만 회
개하는 건 아니다
도저히 잊히지 않는 건 사람의 얼굴이어서가 아니다

돌아보라 누구도 얼굴 없이 눈을 감지 않는다

뜬 눈은 감겨준다 그대가 뭉개고 잇깔라버린 건 그
대 얼굴이다

　잊을 수 없는 지옥이다 그래 그러시라
　어차피 뭉개졌던 얼굴이 발작을 일으키는 것이니
눈알 다시 넣고

　귀때기 늘여 빼고 혓바닥에 독한 술 몇 모금을 흘려
넣으시라
　하늘에 있는 주님이 임하신들

　사람의 얼굴도 아니요 짐승의 머리도 못 된
　짓뭉개진 그대의 형상에는 한 올의 그늘도 깃들지
않으리니

　그저 지상에 내리는 제 몫의 빛살을 챙기시라 저주
도 고백도 아닌
　주일이면 교회로 나가 그대 얼굴 그려보시라

약산若山*의 나라

꼬박 사흘 밤낮을 울었노라

사라졌다 나타난 아니 나타났다 사라진
나라를 생각하며

식민지 경찰이었던 그가 독립한 나라의 경찰이 되어
독립군으로 한목숨 걸었던 이의 고향 집을 급습하여

변소에서 똥을 누다 두들겨 맞고 두 손에 수갑을 차고
미처 추키지 못한 옷고름 흘러내린 아랫도리를 내보
이며

개처럼 끌려가며 웃었노라

어허 옷이나 좀 입자며 동네 골목으로 마당으로
고개를 돌리며 혀를 차는 이들을 둘러보며

일하는 손과 낮은 곳에서 바라보는 눈들의 나라를

꾸었던 꿈이 죄가 되어

스스로 일어서지 못하고 밤손님으로 주어진 해방
으로
나라는커녕 나를 지운 낮도채비가

뺨을 때리고 얼굴에 침을 뱉어도 닦지 않고 다만
그를 국립묘지에 안장하고

무덤보다 먼 나라로 떠났노라

• 약산 김원봉은 일제강점기 독립운동가로, 1919년 의열단을 조직하고 1938년
에는 조선의용대를 창설하는 등 일제에 대한 무장투쟁을 전개하는 데 앞장섰
다. 광복 후인 1945년 12월 임시정부 제2진으로 귀국해 좌우합작을 추진했으
나 남한의 단독정부 수립이 본격화되면서, 일제강점기 형사 출신인 경찰 노
덕술 등에게 체포되어 고문과 수모를 받은 끝에 1948년 남북협상 때 월북하
였다. 이후 북한에서 요직을 맡았으나 1958년경 숙청되었을 것으로 추측하고
있다.

꽃잎 흐르는 물에

나뭇잎으로 떠나는 그대 돌아오나요

봄날에 떠난 그대 가을에 돌아오나요

기쁜 아침이 슬픈 저녁으로 돌아오나요

스스로 견디지 못한 그대가 돌아오나요

떨리는 동그라미 그린 그대 돌아오나요

돌고 돌아 여인이 된 사내로 돌아오나요

긴 동굴에서 함께 잠든 그대 돌아오나요

대문 밖으로 하얀 눈보라로 돌아오나요

열 손가락에 붉은 물이 들어 돌아오나요

찬 손으로 그대 찬 손 감싸며 돌아오나요

꽃잎 흐르는 물에 비친 그대 돌아오나요

은행나무 이야기

은행나무만 보면 보듬고 우는 사내가 있다네

탱크와 헬기에 포위되어 난사된 도청 2층에서 머리
만 가린 꿩으로 체포된 날짐승들 줄줄이 손 뻗어 닿는
창문 너머 은행나무 보듬고 내려올 때

매캐한 화약 내음 어둔 복도 안쪽으로 피떡이 되어
나뒹구는 동지들 시체들 울물로 흐르는 선연한 핏물
들을 흘깃흘깃 보았다네 숨이 막혀

빨간 추리닝에 무학으로 애국가도 못 불러 풀린 개
나 돼지처럼 두들겨 맞고 내몰려 빨갱이 간첩이 되었
다가 간신히 살아 풀려나

큰길로 다니지 못해 바지도 제대로 못 입어 밖으로
나가지 마라고 만류하던 날품팔이 어미가 입던 몸뻬
바지만 골라 입고

캄캄한 산길을 찾아 돌아다닌다네 새벽이면 혼자 헤헤거리며 웃다가 일억 오천만 년을 건너온 하늘을 보며 긴 목을 늘이고 운다네

몸에서는 자꾸 군둥내가 나고 오월이 되면 두 눈에 서는 노란 청산가리가 발산되어 어금니까지 망가트렸 다네 잊히는 게 있고

잊히지 않는 게 있어, 살아 있는 화석이 된 그는 은행나무만 보면 양손을 펼쳐 자신의 몸으로 알고 만진 다네 쓰다듬으며 사라지지 못한다네

40년, 양팔을 뻗어

오월의 충장로 차도를 넘어 뻗치는 팔로 부풀어 오른 왕벚꽃에 취해 분홍 드레스 애인과 함께 걷던 나팔바지 청년이었어, 나는

곤봉으로 내려쳐서 붉은 피 질질 흐르는 나의 이마에 매달려 손수건으로 닦아내는 애인과 함께 연행해가던 계엄군이었어, 너는

너는 나에게 팔을 뻗어 씻을 수 없는 죄를 지었지만 나는 너로부터 팔을 굽혀 씻을 길 없는 슬픔으로 솟구쳤던 거야

세찬 바람이 불고 어둠이 내리고 모두가 지워진 강을 건널지라도 발목을 적시며 흐르는 물결이 되었던 거야, 너와 나는

양팔을 뻗어 모은 손으로 눈물을 닦아 얼굴을 씻고 누군가의 아들로 아비로 사라지는 기쁨이 되어야 하

지 않으련, 이제는

묘역에서
—2021 오월문학제를 마치고

비감은커녕 눈물 한 방울 모으지 않았다

그들은 목숨을 버렸고 나는 목숨을 얻었지만
목숨을 걸긴 마찬가지다

그들은 내일을 얻기 위해 오늘을 걸었지만
우리는 오늘을 얻기 위해 내일을 건다

영화에서는 마음이 있는 자는 노예가 아니라고 했
지만
안다, 그 마음이 어디에서 왔겠는가?

당신으로부터 그리고 당신을 가르치거나 부리려고
했던
당신의 당신, 당신의 그 비천한 적으로부터

건너온 그 마음을 데리고 놀았다
당신이 가고 난 지 41년이 지나고서야

우리는 앞을 보았다 저 환한 골고다의 언덕에서
사랑하거나 미워하면서 데칼코마니가 되어가는

겉늙은 시인과 어린 시인이 되어 밤 내
소갈머리 서린 지청구를 주고받았다

적만큼 성실한 동지가 어디에 있고
동지만큼 슬픈 적이 어디 있으랴

1박 2일로 잘 놀았다
41년 박 42년으로 나가기 위해 놀았다

당신의 음복주를 마시며 깨죽나무 냄새를 맡았다
이제야 시작의 시작임을 보았다

그의 눈을 바라보고 싶다

그는 잘 살고 있을까, 가령

사십여 년 전에 공수부대 군인이었으니
이제 육십을 넘긴 칠순 이전의 나이

서두르지 않았어도 결혼한 아이의 아이
눈빛도 귀여운 손주를 품에 안으며

공포에 질려 허름한 광주YWCA 계단으로
도망가던 심부름꾼 아이를 끝내 쫓아가

한 클립의 M16 총탄을 퍼붓는 공훈을 세워
민주공화국에서 주는 훈장을 받았을

그는 행복하게 살까, 정말

2
부

광주의 푸가

광주의 꽃말

그대에게 다가가지 못하는
망초꽃이라 전해다오

남도라 낮은 언덕길마다
서로 모여 하늘 우러르며

어긋어긋 돋아나 흔들리는
속삭임이라 전해다오

슬픔이 너무 길어
가늘어진 허리께

노란 덧니에 새하얀 얼굴들
얼척없이 비벼대며

스쳐 가는 바람에도
품을 내어주는

계란꽃이라 전해다오
항상 그대에게로만 가는

마음이 미어져 전할 말
없었노라고 전해다오

그가 다녀간 후로

버린 상자에 담겨 있던 감자 다섯 알을 주워다 삶아 먹은 노인은 죄인이 되었고

그를 가두고 나라를 훔쳐 간 독재자는 골프를 치러 다니며 천수를 누린다

별것 없고 믿을 것 없어진 나라에 보이지 않는 것들을 믿는 이들이 창궐했다

두 무릎을 펴서 한쪽 발등으로 헤매는 상대방의 얼굴을 가격하던 습속은

함께 사는 것이 아니라 어떻게든 나만 살아남기 위한 필수 생활이 되었다

왕관을 쓴 바이러스가 살갗을 열고 들어왔지만 우리들은 모르는 게 힘이다

김현을 생각하는 저녁

그녀가 발가벗었다 목이 말라 돌아보니
수천수만 수없이 많은 촛불들이 꽃밭을 이루었다

한쪽 눈에 돌배를 넣은 청년이 물 위로 떠올랐을 때도
들어낸 유방을 두 손으로 받든 처녀가 망월 언덕에
섰을 때도

그랬었다 바라볼 눈이 필요했다 방부시켜
끊어지지 않을 숨을 불어넣는 고무장갑이 씁쓸했고
끕끕했다

발가벗은 그녀를 발가벗은 그가 바라볼 때
고요한 슬픔 같은 것이 빵처럼 부풀어 올랐다

도수 높은 안경 너머로, 저녁 해가 진다
분명히 새벽바람은 불지 않을 것이다

동백꽃 72주년에

부끄러워 아예
꺾인 고개를 부러뜨려버린다

나풀나풀 뒤집어쓴 치마폭을 꽃잎 삼아 단숨에 건
너간다 동족이라고 새긴 비문을 따라 한반도에는 노
란 핏물이 암각의 혈관으로 흐른다

누군가는 바다 건너 섬으로 가고 누군가는 산을 넘
어 광야로 가서 나라를 이루어 오랑캐와 외적으로 살
아가기도 했지만 못난 할배의 할배가

두 무릎을 맞대어 갈아입은 당나라의 앞치마는 폭
이 넓어서 우리가 되지 못한 우리는 항상 우리를 생각
하느라 우리 안에서 조각난 하늘을 본다

언제 다시 분단조국 반대! 통일정부 수립! 강대국
철수!를 외치랴 해방과 독립을 위해 무장한 몸으로 나
서랴 꿈에서도 사라진 향기는

목숨을 걸지 않고 사는 이들의 나라로

혀를 가르며 밀입국 한다

도깨비 땡볕

지옥의 도깨비가 부르러 오지 않으리란 것을 그도 나도 알고 있었다

등짝과 이마와 가슴을 가리지 않고 마구잡이 박달나무 곤봉으로 내려치는 단단히 동여맨 군복을 입은 그나,

오월의 헤헤 풀린 셔츠와 나팔바지를 입고서 아무런 생각 없이 두들겨 맞으면서 뭉개진 고깃덩이로 그저 웅크릴 뿐인 나나,

공포도 죄책감도 들지 않았다 도깨비방망이를 들지 않은 도깨비가 없듯이 그는 곤봉을 휘두르며 금 나와라 뚝딱! 나는 슬픔 나와라 뚝딱! 어금니가

부서져라 뚝딱! 지나가는 순간이어라 뚝딱! 제발 이런 나라가 아니어라 뚝딱! 뚝딱! 도깨비방망이에서 쏟아지던 땡볕이

공장에서 철조망 깔린 전장에서 그리고 시장에서
광장에서 고공 크레인 위 파장에서까지 아직도 쏟아
지고 있는

　여기가, 밤낮 없는 도깨비의 나라가 아니란 것을 그
도 나도 알고 있다

진도에서 광주를 보았다

잠수부가 되었던 80년 그때,
눈앞에 있는 광주에 다가가지 못하고
사람들이 죽어가는 광주를 말하지 못하고
다만, 물안경을 쓰고 깊은 바다에 잠겨서야
바라보던 광주를, 이제 다시 진도에서 본다
"얘들아 올라가자, 올라가자. 이렇게 말하면
선체에 끼어 있던 아이들이 거짓말처럼
선체 밖으로 나와요. 부모 품에
안기고 싶어 하는 듯이"* 한 점 죄 없는
폭도들이 보이고 유언비어가 된 TV와 신문이
보이고, 화려한 휴가를 나온 군인과 경찰들도
보인다 아마 그럴 것이다 그러므로
슬퍼하자고 성금을 모으자고 애국하자고
하얀 국화꽃을 총부리처럼 들이대며
명령 없는 총탄과 죽음의 기억을 우리 몸에
아로새기며 너희들의 나라를 세울 것이다
그리하여 우리는 너희들의 국민이 될 것이다
일을 하라면 일을 하고, 그만두라면 그만두고

말하지 마라면 말하지 않고, 믿으라면 믿고
죽으라면 죽는 양순한 국민이 되어
짱돌 하나 화염병 하나 들 힘이 없는
흰 손목으로 흔들리는 촛불을 지키며
흐르는 눈물을 닦을 것이다 이것이
나라냐고 정말 우리가 사람이냐고
묻고, 묻고, 또 물어, 우리의 심장 속에
우리의 똥구멍 속에 파묻던 그 광주를,
이제는 이유 없이 뱃머리를 돌려 침몰한
세월호 안에 앉아서 본다 살도 털고
뼈도 풀어버린 진도에서 광주를 본다

* 세월호 구조 작업에 참여하고 있던 민간 잠수부 이상진(49) 씨가 문화일보
  (2014. 4. 30)와 가진 전화 인터뷰 내용에서 인용했음.

우물

살던 집 다 무너지고
우물만 남아

통유리가 된 하늘 가득히 검푸른 이끼가 돋았다

기억에 맡겨진 아이들은 다 그러하는지
엄지손톱이 새하얗다

가끔씩

솔개 바람이 찾아오고 딱딱한 등을 가진
물방개도 날아와선

물어뜯고

물어뜯었을 것이다 울음은 맑은 속내를 지녀서
다만 바라보았을 것이고

아카시아꽃들이

아스라한 몸살이 되어 다녀간다 오월이면
하늘이 보이지 않아

붉은 입을 열어

언제든 찾아와서 목을 적시며
우짖는 어린 참새들

소리가 빠져나간 자리를 보듬는 것이다

광주의 푸가*

그대가 가고 나서야
맑은 하늘이 눈에 들어오는구나

없는 게 아니었구나 모든 게
나의 죄가 되어서야
독재자 그대가 떠나는구나

형태가 사라지고 나서야 드러나는 것이
첫사랑만은 아니었구나**

우리의 노인과 우리의 아이들이
독재자 그대를 받아들이고 나서야
그대가 떠나가는구나

그대가 떠나면서 그대가 돌아오는구나
손수건으로 비석을 닦으면서
눈물로 표를 사는구나 표를 팔아서

일상을 죄로 만드는구나 그래 어찌
죄로 살아가는 일이
독재자 그대만이겠느냐

오늘 떠나면서 오늘 돌아오는
그대만이겠느냐
살갖으로 마음을 다스리던 독재자 그대가

떠나면서 돌아와 맑은 하늘 가득히
하루도 한순간도 쉬지 않고
우러르고 우러러서야 간신히

독재자 그대와 나의 죄가 보이는구나
하늘을 나는 새들이 보이는구나

하늘을 나는 그들이 몸에서
마음으로 또는 검은 눈빛에서 양 날개로
주고받는 말들이 어깻죽지로 짠 스크럼들이

울음으로만 들리는 이유가 보이는구나
남북으로 갈려서 더욱 슬퍼 보이는구나

그래, 독재자 그대가 떠나면서 돌아와
모든 게 나의 죄가 되어서야

기막힌 말로 온몸의 뼈를 씻는 그대가
보이는구나, 삼칠일이면 지워지는

맑은 하늘이 맑은 하늘이 되는구나

* 푸가(fuga)는 '도주(逃走)'를 의미하는 이탈리아어로 악곡 형식의 하나이다.
  먼저 하나의 성부(聲部)가 으뜸 조로 주제를 연주해나가면 다른 성부가 그것
  을 모방하면서 되풀이하는 방법으로 대위법(對位法)을 사용해 3성부, 4성부
  로 발전시키는데 바흐에서 완성되었다.
** 김시종의 시 「광주시편」에서 따옴.

가을날에 건네는 차 한잔

입만 다물어라, 살려줄게
입만 다물어라, 살려줄게

동네에 들어오려는 축사를 막아내고 모처럼 깃든
초의선사 생가 마루에서
　삼 년 된 검은 떡차를 우려내어 한 모금 삼키는데

우어우어,
소처럼 살다간 사내들의 속울음이 들려온다

울음으로 속을 다 비워내면 그림자도 사라지랴 발
치에 걸리는
　새하얀 소리들을 모아서 덖어 네게로 보낸다

흠향하시라, 풀어줄게
흠향하시라, 풀어줄게

바라보는 미얀마여, 바라보소서!

내게 젖을 물린 어머니를 바라보듯이
바라보소서, 미얀마여!

왜 쏘았지, 왜 찔렀지,
트럭에 싣고 어디로 갔지, 오월이 되면

금남로에서 망월동에서 두부처럼 잘린 너의 유방과
꽃잎처럼 뿌려진 너의 붉은 핏자국들을

바라보면서 단지 바라볼 수밖에 없어서
치가 떨리던 미얀마여, 바라보소서!

아무것도 아닌 것들을 모든 것으로 알고
모든 것을 지우는 저들의 눈을

눈으로 바라보소서! 푸줏간의 고기가 되어
법과 명령으로 살인을 즐기는 저들을

하나가 전부인 생명을 모르고
약자가 정의인 국가를 모르는

저들, 어미의 품에서 나서 어미의 품을
헤집어 찢어발기는 저들을 바라보소서!

돌아갈 곳 없는 무국적의 짐승들
빛도 그림자도 없는 무저갱에 갇혀

휘두르는 총칼을 수저나 골프채로 알고
단지 제가 제 살을 파먹는, 저들을

잊지 말고, 용서하지 말고, 새기고
새기며 바라보소서, 미안마여!

하늘을 나는 것이다

발가락 발모가지 없는 새가 없듯이
바닥을 구르지 못하는 비행기는 없다

비행기가 하늘로 날아오르는 그 순간을 위해
얼마나 열심히 뜨겁게 죽도록 바닥을

구르는가를 보라 앞만 보고 구르고 굴러
곁을 스치는 사물들이 서로를 알아보지 못해

서로가 서로에게 불꽃으로 하나가 되어
고깃덩이가 꽃으로 피어날 그 무렵에

간신히 앞바퀴가 창공으로 떠오르는 것이다
너희의 너희를 위해 또 한 명의 노동자가

살을 찢거나 뼈를 부러뜨려서 너희들의
밥상을 챙겨서 천국을 완성하는 것이다

하루면 칠팔 명이 죽어 나가는 그들이 있어
펜대를 굴리고 법봉을 때리는 이들을 앞세워

거룩한 돈으로 거룩한 나라를 하늘로 띄워
그래, 좌우의 날개로 하늘을 나는 것이다

나라의 뿌리를 묻는다

프랑스 팡테옹 국립묘지에
독일군 장교가 누워 있는 것을 보았는가

미국 알링턴 국립묘지에
그들과 싸운 소련군 장군이 묻혀 있는가

대한민국 현충원 국립묘지에
일본군 장교가 안장되어 있는 게 말이 되는가

강도와 승냥이의 시절은 그렇다 하자

4·19와 5·18 그리고 촛불을 지나고서도
우리의 얼굴은 왜 이리 엉망인가

아직도 얼마의 마늘과 쑥을 더 먹어야
인간의 얼굴이 되는 것인가

도청 분수대

짱짱하게 얼어부렀네

터져 오르던 그날의 함성이
그리 사라지진 않는다고

무지렁이 낮은 목숨들이 모여
말로 눈물로 주먹으로 한숨으로

둥그런 그릇을 빚어 피와 살을
흘려 담아 대동의 무늬로 분출하던

떨리며 흔들리며 쓰러져서 섞여
빛으로 번지던 맹세가 지워질 리 없다고

사십 년을 보내고 사백 년을 다시 맞으러
차갑게 결빙된 영하의 광장을

저리 뜨겁게 건너고 있네

그림자

유리창 밖 하늘이 다가온다 찔끔찔끔
광주댁 원자 누님 이야기에 귀를 기울인다

어느 날 아파트 베란다에서 빨래를 너는데
젊은이가 허겁지겁 도망가더란다 경찰이 뒤를 쫓고

궁지에 몰려 담벼락을 타고 넘으려 하는데
경찰 두 명이 양쪽 바짓가랑이를 잡아끌어 내리더
란다

자기도 몰래 "어마마마, 저 나쁜 놈들! 여보오,
경찰이 젊은 아이를 잡아간당게, 데모한 아인가 봐!"

놀란 남편이 나와 밖을 보더니 "아따, 저건 지금
음주단속이랑게. 술 마시고 운전하다 도망가는 거
시여!"

우리는 박장대소를 나누었지만, 유리창에

슬몃슬몃 내리는 실금에 젖어 밤늦도록 말을 지웠다

천년의 하늘을 날다
―윤한봉 선생을 추모하며

먼 여름 하늘을 본다. 비취색 바람을 타고 새하얀 학들이 날아간다. 제 몸보다 긴 목을 늘여 뒤를 바라보며 돌아보며 유유히 앞으로 나아간다.

처음에는 한 점 불빛이었다. 메마른 들녘에 흩뿌리는 한 바가지 똥과 오줌이었다. 그러하다. 돌아보라, 순한 이들은 항상 낮은 곳에 모여 산다.

어둠 속에 있으나 어둠에 젖지 않는 새하얀 뿌리와 뿌리들을 결구하여, 한평생을 한나절의 영욕으로 사는 이들이 휘두르는 서슬 퍼런 칼과 낫날에 밑동을 맡긴다.

베어라, 아무런 죄가 없으므로 아무런 모멸과 분노도 나의 것은 아니다. 태평양을 건너는 35일간의 밀항과 12년의 망명 생활 그리고 최후의 수배와 병든 몸으로 스멀스멀

스며들던, 살아남은 자의 부채인들 어찌 나의 것이었으리. 다만, 천년 사대의 습성으로 짓눌린 분단 조국의 통일과 민주화는 저네들이 내미는 빛깔 고운 먹이와

목줄에 매달린 안온함이 아니라. 너와 나 그리고 우리 안에 있음을, 청결한 속옷처럼 매일 매일 갈아입는 우리의 일상 속에 있음을 되새기라고

차라리 깨질지언정 구부러지거나 변색될 일 전혀 없는 고향 강진 청자 속의 학으로 새겨진 그가, 합수가, 맑은 눈빛과 기억으로 천년의 하늘을 난다.

3부

인디언 매듭

깔링의 기도

하잘스러운 일기를 몰아서 쓰느라 밤을 샌 새벽에
좌변기에 앉아, 추석 지난 가을이니 논물을 빼러 가
자는

아내의 말을 귓등으로 흘리며 찍어 넘기는 핸드폰
으로
뼈가 내는 소리를 듣는다 사람의 넓적다리뼈로 만
든 피리라는

깔링의 음률을 제대로 듣지는 못했지만
뼈만 남은 이들이 되지 않기 위해 뼈 빠지게 일을
하다

휘거나 닳아버린 관절이나 잘려나간 손가락 부위가
날이 궂으면 결리거나 가렵다는 이웃들을 생각했다

하지만 과연, 뼈만 남기지 않을 사람들이 있기나
한가

내가 죽거든 검붉은 불길로 몸 안에 채운 살과 피를
살라

남은 뼈가 있거든 슬슬 빻아 고향 강물에 뿌려지기를
되새기면서, 골을 내며 돌아올 아내를 위해

댓 줌의 쌀을 꼬들꼬들 씻어 뜨물로는 시래기된장국
을 끓이고
희고 맑고 또렷또렷해진 쌀알로는 밥을 안쳤다

압력 밥솥에서 금세 스르릉스르릉
깔링의 음률이 들려온다

양의 심장을 꺼내는 시간

그의 손이 정수리를 비집고 들어와
내 숨통과 심장을 풀어헤쳐 꺼내 갈 때
나는 그와 내가 살았던 집을 바라보며 곰곰이
생각하는 일밖에는 아무것도 할 수 없었다

돌아보면, 너와 내가 만나 서로 엉켜
한 생애를 살아가는 일이 어찌
너와 나만의 일이었겠느냐
낮이 가고 밤이 오고
흰 눈 몰아치는 겨울이 오듯이
나는 나고 너는 너만이었겠느냐
너와 내가 만날 때처럼 그리
환희로운 나라 역시 다시 있지 않겠느냐

라마! 라마!
너의 손아귀에 들린 내 심장의 온기와
그 뜨거움을 지우며 금세 하얗게 엉켜오는
너와 나의 기름진 기억은 금세 걷히리니

앞무릎 뼈와 뒷무릎 뼈를 꺾어 벗겨내는
외피 너머 피어나는 꽃처럼 내 속살에는
성긴 피 한 줌 묻어나지 않으리니 그대가
펄펄 끓는 물에 나의 살과 뼈를 삶아

돌아올 봄과 여름을 예비하는
초원의 노래로 삼으시라 달리는 마상에서
서로 엉켜 음률을 우려내는 두 줄의 마두현
사이사이로 그대와 내가 나누었던 아침과 저녁
그리고 노을로 지는 슬픔마저 깃들여두었나니
나의 너여, 라마여! 갈수록 난만해지는
혹한의 이 계절을 잘 건너오시라

인디언 매듭

내가 너를 건너지 못한 것은 아니다
너와 나를 묶지 말자고 너와 나를 묶었던 밤에
다도해 섬으로 가는 천사대교에는 통행금지령이 내
렸다

사라진 사랑이 가는 곳이 어디일지를 누구도 생각
하지 않는 밤에
꼬리에 불을 붙인 반딧불이들이 우수수 우수수
하늘과 땅의 경계를 무너뜨리곤 했다

내 몸에서 나온 불빛들이 네게로 건너간다고 믿었
던 밤에
시가지는 물에 잠기고 해안 가까운 주택가에는 토
사물이 흘렀다
인명 피해가 없어서 다행이기는 했지만

견디지 못하는 말들이 저 자신을 받아들이지 못하
는 밤에

스스로 돌아간다 깊은 죄는 죄가 아닌 곳에서 시작
된다
　너와 나를 넘어뜨려 등 뒤로 수갑을 채워 두 무릎을
짓눌러 다스리는

　태풍이 찾아왔지만 너도 나도 흑인처럼 묶이거나 엮
이지는 않은 밤에
　말을 떼지 못한 아이가 잠들고
　서로를 고요히 바라보았다 너와 나는 그 밤에 그렇게

　서로를 말했을 뿐이다 그 밤에
　너와 내가 서로를 풀어내느라 한 생애가 들썩거렸다
　새벽에는 말끔한 흔적들이 남아 있곤 하였다

몽탄夢灘

앞으로든 뒤로든 오르는 길 하나인 몽탄 오갈치고
개에 서면 보인다

남도의 아랫도리께 이른 강물이 제 허리춤을 애써
비틀어
　선명한 새벽안개로 피어오르고 있음을

귓등을 적셔오는 전설에 마음을 맡기다 보면 그런
것일까, 누군가
　배신을 하고 꿈속으로 제 한 몸을 숨겼던 것일까

그 대가로 몸을 가른 눈물이 하몽탄이 되고 상몽탄
이 되어 오늘도
　강을 사이에 두고 끊어진 나룻배 길을 그리워하고
있는지

모를 일이다 파군다리 건너 흩어진 병사들의 노래
는 어느덧

천년의 여울을 건너 돌아오지 않는 햇살로 출렁이
건만

올라가든 내려가든 물안개로 길을 지운 몽탄은 지
상의 나라만은 아니다

水山, 水仙을 만나*

그들을 만나 죽었다가 일어나보니

알았던 것들을 알 수 없었고
보이지 않던 것들이 어렴풋이 보였다

달이 찼다 기우는 보름여

현해탄에 잠들었던 그들을
보듬어 안고 몸부림을 치다가 일어나니

구십여 년의 세월이 흘렀고

나는 머리털 한 올 움직일 수 없어
초저녁에 무너졌다 안방에서 일어났다

그들이 건너려던 강이 보였지만

저만치 멀었다 시인은

배를 타고 강을 건너는 게 아니라고

새벽하늘에 뜬 그들이 속삭였지만

오늘은 하루 내내
아내의 얼굴이나 바라보며 지내야겠다

* 수산(水山) 김우진은 1920년대 최초로 근대 신극을 도입한 연극인이었고, 수
  선(水仙) 윤심덕은 한국 최초의 소프라노 가수였으나, 둘은 1926년 9월에 현
  해탄에서 동반 자살하였다. 매년 9월에 기일을 맞아 김우진 초혼묘가 있는 전
  남 무안군 월선리예술인마을 말뫼산에서 '김우진초혼예술제'를 진행한다.

가거도 산다이

단애의 발목으로 착착 감겨오는
독실산 아홉 골짜기 너머
향리마을 비탈진 동구에서 만났지
한쪽 가지는 말라죽은 지 오래
다른 가지는 생생이 살아 오른 연리지
소나무 하늘 길로 아슬한 줄기를 따라
기나긴 돌무지 울안으로 숨은 집들
골골이 서너 뼘의 텃밭들을 내보이며
겨우 죽어 누울 자리만 한 뙈기 안에서
살기 위해 서로를 가르는 담장들을 두르고
옹기종기 골육처럼 꼭 껴안고 무시로
노략하는 폭우, 태풍, 땡볕, 시월도지,
날 칼 같은 북서풍을 향해 쉼 없이
슬픈 항쟁을 벌였던 흔적인가
쏟아질 듯 몰려오는 저녁 어스름
슬슬 달겨 알뿌리로 캐어 말리며
칠순의 생애를 일구던 가거도 할마씨
내게 말했지 사내도 자식도 오래전에

떠나고 혼자 사니께 후박술 줄 텐께

산다이 판 함 벌려보자고 저녁에 놀러 오라고

놀러 갈랑께 꼭 기다리라던 산다이 약속

가거도의 너울로 몰려오곤 한다

다경포多慶浦

나주골 밤나무 아래에서 헤어진 이들은
검은 바다로 나가 돌아오지 않았다네

육지와 바다
그 사이에 대역죄가 있어

어린 어미의 품에서 나서
늙은 아비의 품으로 돌아갈 때까지

품으로 품을 보듬은 둥근 연리지
해와 달이 그렇듯이

아무렇지 않은 이들이 아무렇지 않게
어울려 사랑하며 살아가는

무안군 운남면 성내리
성안마을에 실은

육지에 대한 그리움도 바다를 향한
일말의 설렘도 없이

하늘 냄새를 품은 이들이 하냥 없이
숨은 이야기로 살아가고 있다네

상강霜降

아침에 푸른 구기자를
오후에 빨개져서 따러 가는

뒤란 처마 아래 늘어진 빨랫줄에 아래턱이 꿰인 아
귀들 예닐곱 마리 줄줄이 걸려 있다 여기로 오려고, 그
리 날카롭던 이빨들 촘촘히 가리지 못해 마른 눈으로
올려보고 있다

꿈에 나온 어머니가
자꾸 춥다고 해서

어머니가 입던 옷가지와 이불을 태우려 찾은 고향
집에서 문득 낯설어진 막내가, 군산 앞바다에서 건져
온 아귀 한 무더기를 건네줘 무안 들녘에서 걷어 빻은
햅쌀 한 차두를 주었다

물속에서 무한 하늘을 삼키던 입들이
잠든 어머니 얼굴이다

어야 어야 하루도 조심혀야 쓴다

손사래가 꿈을 건넌다

레몬 인간

이러다간 슬프다
말라도 너무 말랐어 눈썹이
구박십 일 유럽 여행을 다녀온 후에
흰 불길이 일었어 이마로
목으로 번져갔지

자박자박
왼쪽 가슴 아래께로 불어간
속불은 귀신도 못 말려
이불을 뒤집어쓰곤 했지

누군가 내 안에 들어오는 듯했어
내 안에서 누군가 빠져나가기도 했고
온몸의 뼈와 살을 발라서
우려내는 신맛이었어

결국, 나를 내 안에
들여앉힌 어둠이 되었지

걸리고 당기다 뇌 안으로 달라붙은
딱따구리가 잔소리를 해댔어
보이지 않고 신물만

고이곤 했어 포유류의 눈빛이
진화를 해서 쥐어짜면
맑아지는 레몬이 되는가
너의 눈빛을 핥기만 했어
어디에서 당도한 가래침을 삼키며

스스로를 지워나갔던 것이야
밤하늘의 별을 늘어놓듯이
묽어진 눈물을 흘리며
드디어 나는 여러 가지 길들을
지워버렸던 것이지

여러 가지 사람들에게로 이르던
열 손가락을 구부려 쥐어

열 개의 퍼런 심줄 가득히
나를 짜서 뜬눈으로 밤이 지나면
아침 햇살이 스며들곤 했어

저녁노을도 심심치 않게
노래하곤 했지
내 집에 네가 들어오면 안 돼
내 음식을 너와 나눠도 안 돼

내 살결이 네게 닿으면 안 돼
내 말이 네 귀를 스쳐도 안 돼
코카서스 산에서
3만 년을 기다려 쇠사슬을 푼
커피의 향도 안 돼

안 돼서 안 되는
햇볕 아래서든 그늘 속에서든
안 되는 입술로 가득히

마르는 이들이 감수한
슬픔이 안착한 거야

내 사랑이 네게 이르면 안 돼
내 노래가 네게 들려도 안 돼

정읍사 井邑詞

노래는 노래가 아니었네 아흐 다롱디리
입을 닫은 그녀가 갓난애가 되었네

수숫대 같은 발목에 몸을 얹은 앉은뱅이로
내려앉은 하늘을 부여잡았네 아흐

흔들리는 발로 발을 일별하네 다롱디리
나온 곳으로 돌아가는 칸나꽃이 피었네

살을 섞었던 사내도 살을 나누었던
자식들도 돌이 되어 문밖에 섰네

달구어진 온기와 선득선득한 냉기가
뒤섞인 손으로 손을 잡을 수 없네

이리 먼 거리가 이리 가까웠었나
아흐 다롱디리 먼 길 떠나는 그대를

물고기의 눈으로 바라볼 뿐이네 아흐

그것이 그것이 아니었네 아흐 다롱디리

호랑가시나무의 말씀으로

나무가 하는 말을 눈과 심장으로 알아듣고
질문을 질문으로 답하는 우리앙카이*의 시구(詩句)
를 옮겨 적다가

의지로 낙관하라던 체 게바라의 말을
내 몸과 뼈로 삼았던 생각을

슬쩍 빼내어 밤하늘에 흩뿌린다
낮은 너무 무더웠고 나는 잘 살아남았지만

그리하여 다시 되찾아가야 하지만
하늘이 알아듣고 어둠이 알아듣고

이제는 각방을 쓰는 그녀가 알아들어야 할
말씀들이 총총한 밤하늘 가득

잠들지 않고 문밖에서 서성이는 개의 눈빛과 울음
으로

알아들을 수 없어서 알아듣기 쉬운

노래를 불러야 한다 지천명(知天命)에 이른 긴 목을
늘여
밀려드는 불안을 받아들여야 한다

두 손 두 발을 모아 온몸에 돋은 가시 하나까지
하늘로 향하는 호랑가시나무의 슬픔을 옮겨 적어야
한다

* 담딘수렌 우리앙카이(Damdinsuren URIANKHAI), 제1회 아시아문학상을 수
  상한 몽골의 시인.

다순구미

아야, 거만치 허천나게 처묵어부렀으면
인자 기냥 가부러라이잉

머시 더 챙길 거시 있다고
고렇게 점점이 퍼질러 있다냐아

염병헐, 바다에 빠져분 사람들만 징허제
시퍼렇게 멍든 하늘만 미쳐분당게잉

지지배 치마 같은 옷으로 갈아입고
되놈들 왜놈들 양놈들의 대굴빡 앞에

몸땡이를 조아려 얻은 쪽심으로
백년 천년 제 배때기를 불려왔겄지만

웃기지 말그라 여그는 시뻘건 화산재 뿌릴 때부터
문저리 망둥이 조구 새끼 짱짱히 말려서

다시래기와 간장으로 조려 먹고 살아왔응게
징헌 파도와 햇살과 바람의 족보로

뼈와 뼈를 이어가며 살아왔응께 너그 같은
잡것들은 빨리 꺼져부러라잉

월선리 4년 차, 현금숙 여사의 노래

북한의 회령이 남한의 월선리이다
서울 평양 압록강을 따라 올라가 두만강 끝
한반도의 맨 위쪽 함경북도 회령에서 살다가
인간답게 살겠다고 잘살아보겠다고
가족을 걸고, 친구를 걸고, 목숨을 걸고
인간의 품격을 걸고 조국을 탈출하여
조국으로 왔다 조국이 별거 있으랴
인간이 인간답게 사는 게 조국이 아니랴
평양 서울 대전을 거쳐 한반도를 품고 내려와
월선리에 보금자리를 풀었다 백두대간
승달산 자락에서 푸릇푸릇 불어오는
봄바람이 좋아 따스한 가실 햇볕이 좋아
행복마을 예술인마을이라 자유로운 영혼들이
함께 어울려 뒹구는 맛이 좋아 벌써 4년 차
한 생애를 산 것 같아 눈가에는 살집이 붙어
하늘도 이웃도 다 온전해 보이거늘,
대형 축사가 들어온다니, 이 웬 말이냐?
인간이 사는 마을에 수백 수천 마리의 소들이

밀고 들어온다니 그 똥 그 오줌 그 트림과

그 방귀를 다 어이한다냐, 안 된다고 제발

인간인 우리들은 우리들이 사는 마을에

소들은 소들이 사는 곳으로 가야 한다고

애원하고 사정하건만, 이 또한 무엇이냐?

삼백여 명의 주민들이 사는 인간의 마을에서

삼백여 명의 인간들이 반대를 하는데

나라의 법이라며 소 떼들을 몰고 짓쳐들어오는

여기가 어디냐? 돈으로 돈을 벌기 위해서는

함께 살던 이웃도 벗들도 전라도 사내의

의리도 인간의 양심도 단박에 일없이 팔아버리는

여기가 나의 조국이더냐? 절대 반대다!

살기 좋은 청정 마을 월선리에! 예술촌에!

대형 축사가 웬 말이냐, 절대 반대다!

노래하며 속으로 울며 긴 목을 늘여 빼는

월선리 4년 차 현금숙 여사의 조국은

어디인가? 민주공화국 대한민국이여 응답하라!

민주공화국 대한민국이여 응답하라!

몽골에서

초원으로 나간 사내는 돌아오지 않았다 덜컹거리는
버스에 실려 가도 가도 이어지는 푸른 지평선에 물든
사내는

말을 지우고 눈빛은 맑아졌다

얼핏, 습한 바람에 묻혀 날아온 유채꽃 향기가 사내
의 이마를 어루만졌다 이내 몸이 부풀어 오른 양들은
흩어지지 않았고 말들은 고개를 숙였다

하지만 반성은 하지 않았다

해 뜨는 나라에서 해 지는 나라까지 가고자 말 등에
오른 사내는 말 등에서 내려오지 않았다 돌아오기 위
해 떠나는 이들은 없다 초원으로 나간

사내는 돌아오지 않았다

풍경이 풍경을 지우듯이 사내는 걸어온 길들을 지
웠다 오토바이를 탄 유목민을 따라 지나가던 늑대비
가 검은 하늘에 갇혀 으르렁거렸다

장구잽이 이다름

작아서 크더라
커서 슬프더라

네가 치는 설장구를 듣다 보면 사슴의 눈빛으로 산
이 옮겨지는 소리가 들리더라

휘익, 휘어져 돌아가는

새하얀 상모에 모가지를 맡겨 목에 걸린 기억들을
모다 뱉어버리고 싶더라 그대

이름마저 다름이라
남다른 소리여

4
부

다시, 길을 나서며

다시, 길을 나서며

기적 소리 배인 작업복을 벗고
밖으로 나서니 하늘이 갈라졌다

갈라진 하늘의 반은 뒤로 가고 반은
앞으로 갔다 나는 움직이지 않고 걸어갔다

내 안으로 난 길을 따라
내 밖으로 난 길을 따라

그대를 만나러 갔다 거기에서 다시
소란과 기차와 슬픔과

음행을 만나야겠다 언제까지
돌아오지 않으면서, 돌아오고 있는

그대를 만나야겠다 그리하여
용서 없이 사랑해보련다, 할!

봄비

바다 건너 시집갔다 다니러 온
딸아이의 품 안에서

보들보들 풀려 나오는
봄바람을 타고

하루 내내 약비
이슬비 내리더니

이제 갓 두 살배기 손주 아이
입안에 몰캉몰캉

윗니 아랫니 돋았네
새하얀 냉이 내음

검지손가락 타고 올라 오물오물
몸이 다 따뜻하네

꽃이 피는 시간

암 병동에 누워 있는 할아버지의 뺨을
할머니가 수시로 때린다는
원화 씨의 소설*이 흥미롭고 안타까워
소리 내어 읽어주다, 뺨을 맞았다

깔깔 웃는 아내에게 맞고 딸에게 맞고
젖먹이 손녀에게마저 맞았다
이럴 줄 몰랐어? 왜 그랬어?
사내면 다야, 항상 큰소리얏!

흠씬 억울하더니 이내 시원해졌다
저녁노을인 듯 돋아오는 아침 햇살인 듯
양 볼에 물기가 돌아 두터운 볼따구니 아래
밀봉되어 있던 밀어들이 풀려 나왔다

노골적이고 불편하게 번뜩번뜩
힘줄을 지우고 누천년 덧나온 상처를 따라
번져오는 마른번개에 젖었다 금이 가야

숫아나는 눈물에 함박 젖었다

너에게로 가는 길이 지워져
곁에 있는 네가 보이지 않아 서로
홀로 멀리 있는 아침이면 찰싹찰싹
그대에게 맞고 싶지 않으랴

* 이원화 소설집 『꽃이 지는 시간』(문학들, 2016)

흰

내게도 왔었지 남들 몰래 속으로만 우러나는 색이
었지
다른 색에 섞이기 전에는 보이지 않아
말없이 말하는 색이었지

생전 처음 찾아간 점집
두더지처럼 아랫배 불거진 아줌마 도사가

"에이, 삼재가 들었었구만. 다 물러갔응게. 긍게 인
자, 너무 자신허덜 말고 잘난 척도 말고, 뭐라 뭐라 믿
지도 말고 사시란말요

시상 그런 것 아닝께. 우야튼, 할 고생 마음고생 다
허고 인자 걱정허덜 말고. 복채나 두둑이 내놓고 펜히
돌아들 가시씨오이."

등 떠밀었던 아내가 두 손을 모아 허리를 굽신굽신
숙일 무렵에야

슬쩍 보이던

그런, 누구에게 말할 수 없어
깊이 묻어두고 살아가는 그런 든든한 색이 있지

어무적*과 송경동

시인을 거리로 내모는 당신들에게는 시인을 집으로
돌아오게 할 힘이 있으나 시인을 집으로 돌아오게 할
마음이 없구나

하루 내내 똥오줌 눌 데 없이 거리로 몰린 시인에게
미안함을 느끼게 하는 당신들이 구한 국가도 세상도
고맙지 않다

일하다가 죽어가는 사람들을 쓰레받기 도구로 쓰는
나라에서 아파트가 몇 억을 호가한들 주식이 하늘을
찌른들 부끄러워

부끄러운 마음을 둘 데 없지 않겠는가 평화로이 살
아가는 사람들을 잡다가 고혈을 빨아먹으며 그들에게
기생하던 바이러스가

마스크로 가려지랴 트로트로 녹이고 케이원으로 부
숴서 삭인들 마음이 없는 당신들은 당신들에게 영원

한 숙주일 뿐이다

　　새끼손가락을 잘라서 먹는 이들의 나라에 있지도
않은 하늘의 나라만 창궐한다 길거리로 몰린 시인이
돌아오지 않는 나라는

　　나라가 아니다 길거리로 쫓겨난 시인이 겨울의 풀
벌레처럼 굶어 죽는 나라는 만고에 없거나 없어졌느
니, 그대들 마음을 돌아보시라

* 어무적(魚無迹) : 조선 전기의 문인. 모친이 관비여서 관노로 등재되었다가
　후에 면천 되었다. 신분상 과거에도 응시하지 못하고 불우한 생애를 살았다.
　「유민탄(流民嘆)」, 「신력탄(新曆嘆)」, 「미인수(美人睡)」, 「봉설(逢雪)」 등의
　시 가운데 「유민탄」은 3·5·7언의 고시로서 유민을 바라보며 비통해하는 내
　용인데, 허균이 이 시를 가리켜 당시의 최대 걸작이라고 격찬한 바 있다.

알흠다운 가게

저녁까지 날이 흐렸고
네가 빠져나간 내 몸에서는
그치지 않고 비가 내렸다 추적추적
아무 데나 널브러지곤 했다
사랑도 슬픔과 같아서
버리기 전에는 쫙쫙 찢어버린다
말이 없는 건 마찬가지였다
말을 할 수 없는 건 마찬가지였다
말도 필요 없는 건 마찬가지였다
저녁까지 비는 내렸고
내 몸을 빠져나간 너는
젖은 휴지처럼 접은 우산처럼
편안해 보여서 잘 가시라
모두 안녕하시라 밥 한 덩이
서늘한 문밖에 내어두었다

가거도行

밀려난 꿈은 가장자리가 가장 깊다
사는 일에 목을 걸고 맴을 돌다
국토의 맨 끝 가거도에 이르러
이웃 나라 닭 울음에 귀 기울이고 있는
녹섬 앞 등구회집 평상에 앉아
검정 보리술로 목을 헹구면
박혀 있던 낚시미늘마저 따뜻해진다
밤 깊은 동개해변 찰랑거리는
둥근 달빛에 젖어 흠뻑
사는 일 흔적도 없이 지워져
남의 나라 남의 일이 될 즈음에야
새로워진 나를 만난다 스스로 깊어진
가장자리를 만난다 생무릎 꺾여
밀려나보지 않은 이들은 평생을 살아도
가거도에는 이르지 못하리

11월, 탱자울에서

가시를 지닌 이들은 뜨겁다
탱탱했던 살가시 검푸른 새잎들 울창했던 탱자울에

만삭의 배로 부푼 탱자알들 알알이
샛노란 향기로 콧등으로 애주막 한가득 안겨올 때

아버지는 숨을 놓았다 우수수 탱자알이 떨어졌다
누군가는 청에 재거나 술을 담그라 했지만

노란 그림자를 빼앗긴 가시울타리는
저녁 바람들이 숭숭 지나다녔다 시도 때도 없이

떼로 몰려들어 신기하게도 제집 삼아 드나들던
참새들도 보이지 않았다

그랬나
그리 숨을 지우기 위해 가팔랐었나

누구나 몸 둘 바 없어
한번 나가면 다시 돌아오지 않는 빈집들을

아침이면 손에 잡히지 않게 눈에 보이지 않게
푸석푸석

저리 깊이 저리 가볍게 새겨서
울안에 매다는 건가

째보선창

여그가 첨이었을 거시여. 긍께, 다도해 바다와 영산
강 만쿨텅이가 다 보이는 만호동 언덕빼기가사 고려적
백제적부터 아, 그 수달이 나대령이 같은 군바리들 차
지였겄제만.

여그, 퍼질러 앉은 엄니가 풍성한 가랑이를 벌려 바
닷일로 험상스러진 사내들과 굴딱지처럼 탱글탱글헌
아이들을 품어 안고 하루쬥일 햇살 비추는 다순구미
언덕지에서 살아가던 동네였응께.

긍께, 한마디로 배부르고 등 따셔서 최고였던 곳잉
께. 허기사, 그제나 이제나 서로 못 잡아먹어 안달이 나
눈알이 삔 것들이사 저그들끼리 역사니 나라니 뭐니
검은 속내들을 독사리처럼 피워 물고 뜯고 난리들이
제만.

여그사 서너 평 울타리 안에서도 서로의 어깨에 어
깨를 묻으며 맑은 표정으로 한 철 피었다 지는 봉숭아

들맨키로 착허고 순헌 맴길로 살아들 가는 우덜잉께.
아 그렁께.

　여그가 을매나 처음인 거시것어. 안 그려, 보름달 뜬
밤에 지금은 곧게 펴진 아리랑고개를 넘어 돌아오다
보면 아 그려, 꼭 엄니의 태중으로 들어가는 것 같당께.
아 그런당께.

백년, 나비의 세월

아이를 앞세운 이들의 등에서는 손가락이 돋는다. 기억한다는 말은 새끼손가락을 걸어 약속한다는 말이다. 엄지와 검지를 엇갈려 사랑한다는 말이다. 말을 잊은 이들이 손가락을 펴서 마음을 전달하듯이 노란 손바닥을 흔드는 이들은 흘러가지 않는다. 연약한 손바닥들이 하늘을 난다. 바닷바람을 일으키며 휘날리는 다짐들이 잊힐 리 없다. 돌아오지 않을 리 없다. 누구도 무엇이지 않을 리 없듯이 양 손바닥을 펴서 허공의 벽을 짚으며 기어오른다. 한 손 두 손, 속을 비운 손가락들은 가벼워진다. 내 안에서 피어났으므로 네게로 건너간다. 나비의 날개가 된 손으로 입을 가리며 몇 년이 아니라 몇백 년을 건너온다. 열 손가락을 깨물어도 아프지 않은 심장의 소식들을 나풀나풀 지상으로 타전하며 날아온다.

귀가歸家

샘고을요양병원 뒷산에서 꿩 우는 소리를 들었던가

카악! 카아아악!

요양보호사의 머리끄덩이를 쥐어뜯으며 집으로 돌아가겠다는 어머니의 눈빛이 너무 단호하였던가

철렁! 철렁!

돌아오는 길이 지워져 운전대를 아내에게 넘겨주었다

무안에서

등잔만 해진 눈으로 꼼지락대는 손가락으로 말을
한다

무안에서 나고 자란 이들이 무안에서 만나면 연극배
우가 동동거리며 다가와 품에 안겨도 무안하지 않다

아침저녁으로 동구 밖 개웅까지 드는 밀물을 들물
이라고 하던 홀아비 아비는 흙 묻은 손으로 그릇을 빚
으며 울었다

갯벌을 쥐어뜯으며 밀려드는 물소리를 누군가 돌아
오는 기별이라던 그는 노을로 졌다 여전히 뻘밭 숨통
을 누르면

허연 손가락이 나온다 때때로 말을 마치지 못한 몸
뚱이들이 애써 부림을 해도 알아듣지 못한 이들은 입
으로 입을

뜯어 먹었다 에라이 품바라 무안에서 벗어난 이들은
초장을 찍거나 칼로 쫙쫙 조사서 우물우물 애써 삼키기
도 하였다

그렇듯이 귀가 어둡고 가까워져 슬퍼서 길어진 손가
락들이 나고 자란 무안으로 돌아온다 그들의 말은 그들
의 눈을 보면 들린다

내수면 낮은 바다를 돌아온 들바람이 오늘도 든다

벅수, 벅수
—조각가 양공육의 작품에 부쳐

　얼척없는 사내 둘이 서로를 바라본다. 마누라한테
뺨따귀를 얻어맞은 사내나 옆집 아낙에게 눈탱이를 긁
힌 사내나 매일반인데, 은근짝 서로를 비웃던 아버지
들이 장독을 풀어야 헝께 막걸리나 마시러 가자며 맞
장구를 친다. 사는 것이 거시기 헝께 뭐시기 헌다며 뒤
태를 보이지 않던 사내들의 풍경이 매듭을 짓는다.

겨울비 멀리
—어머니 영전에

그대는 찬 햇살을 따라나서네
나는 나로부터 출발했지만
나는 그대로부터 시작하였네

새 여자를 얻어 나간 아버지를
십팔 년이나 기다려서 다시 만나
나를 낳은 어머니가 그러하였네

고요히 끌어안으면 따뜻해지네
따뜻한 이들은 속내를 비우네
손을 펴서 지친 등을 어루만지네

이내 굽은 겨울 햇살 멀리 떠나가는
거룩한 당신이여, 그대로부터
시작된 나의 그대여 편히 가시라

무화과無花果

꽃이 피어 있던 자리에는
꽃이 피어 있고

붉고 도도했던 입술은
여전히 도도하여

혀가 굳어버린 나는
네게로 이르지 못한다

이른 아침에는 꽃이 지고
화해할 때는 웃었다

부른다고 꽃이랴, 고요히
바라보며, 입술을 모아

너를 핥던 나는 여전히
너를 핥고 있다

광주를 넘어 광주로,
반복을 넘어 반복으로

황규관 시인

1.

역사는 반복된다는 진실은 우리를 불안에 빠뜨리기도 하지만, 그 불안은 우리로 하여금 미래를 상상하게 만들기도 한다. 이 상상을 통해서 우리는 두 가지를 묻게 된다. 하나는 과거를 어떻게 재해석해야 하는 것이고, 다른 하나는 미래를 어떻게 구성해야 하는가, 하는 문제이다. 하지만 과거를 재해석하는 일이든 미래를 구성하는 문제이든 그 사태들은 현재라는 순간에 일어난다. 사실 현재는 순간, 찰나에 속한다. 왜냐면 우리가 지금 살고 있는 현재는 시시각각 과거가 되고 있는 과정이 되면서 미래를 야금야금 현재화하기 때문이다. 이렇듯 미래는 우리가 살아온 시간에 얼굴을 비치면서 다가오고 있는 미지의 시간인 것이지 따로 어딘가에 존재하는 시간이 아니다. 이렇게 말하고 나면, 미래를 상상하는 일은 곧 현재를 사는 일에 해당된다. 그래서 현재에 영원이 담겼다고 하는 것일까? 현재에 벌어지는 사건을 통해서 과거와 미래를 동시에 사는 일은 우리 모두가 행하고 있지만 그것을 인식하면서 그렇다고는 말할 수 없다.

그렇다면 우리가 사는 시간을 과거와 현재, 미래로 분절하는 기준은 무엇일까? 사실 과거, 현재, 미래라는 구분은 임의적인 것이고, 우리가 삶을 살아가면서 필요로 하는 오두막이나 옷 한 벌, 또는 밥 한 그릇 같은 것이다. 아이러니하게도 이런 임의적인 것들이 생명을 지속시키는 사물이기도 하다. 그리고 시간의 이런 분절은 정신과 마음에 숨골을 만들어주기 위해 필요할 수도 있다. 아무튼 우리가 사는 시간을 삼등분하는 오랜 습속은 바로 역사에 의해서이고, 우리는 역사라는 사건의 지평 위에서 숨 쉬고, 생각하고, 사랑하고, 또 미래를 상상하는 존재이다. 역사를 기록 차원으로 정의하는 것은 역사'학'의 문제일지 모르나 우리의 삶은 기록으로서의 역사를 전제하지 않는다. 오로지 자기 삶의 구체적 생동을 통해 과거와 현재, 미래를 의식하면서 살 뿐이다. 따라서 현재를 통해 과거와 미래를 사는 일은 이 구체적 생동을 통해서이고 또 이 구체적 생동만이 현재라는 순간 속에서 과거와 미래를 동시에 살 권리를 가진다. 아울러 부정적인 의미의 죽음이란, 우리의 육체가 '생명의 다함'을 맞는 때가 아니라 구체적 생동 없이 현재를 소비할 때를 가리킨다.

그런데 이 구체적 생동은 가감 없는 표현을 통해서만 증명된다. 그리고 표현된 것만을 우리는 구체적 생동이라고 부른다. 그래서 억압이나 금욕이 구체적 생동을 병들게 하는 것은 진실이다. 구체적 생동이라는 것은 삶의 욕구이며 기운인데, 그것을 억압하거나 금욕하는 것은 욕구와 기운으로 하여금 자기 자신을 공격하게 만들기 때문에 육체에 탈이 나든가 마음이 뒤틀리게 되는 것이다. 그래서 우리의 삶은 표현을 통해서만 지탱되고, 표현을 통해서만 연결되며, 또 표현을 통해서만 세계를 구성하고 다시 세계로 하여금 우리의 삶을 풍부하게 하도록 한다. 사실 이런 일의 무한반복이 영원회귀이며, 이 영원회귀를 어떻게 받아들이느냐에 따라 자신의 삶은 결정된다. 그리고 이런 과정은 역사에서도 일어난다. 이게 비극이라면 비극이겠지만, 영원회귀를 긍정하는 일이 자기 자신의 존재를 깊어지게 한다는 말은 역사의 차원에서도 그대로 적용되어 이 역사의 반복을 긍정하는 일은 우리의 세계를 깊어지게 한다.

2.

　박관서의 시집 『광주의 푸가』는 지나간 사건인 저 1980년 5월 광주민중항쟁(이하 '광주')이 시인의 삶에서는 여전한 현재임을 집중적으로 증언하고 있다. 여기서는 광주의 역사적 의의나 현재적 의미가 앞서기보다는 광주의 상처가 박관서 시인의 삶에서 여전히 숨 쉬고 있다는 사실 그 자체가 중요하다. 나아가 시인이 광주를 어떻게 극복하고 있는지 살펴볼 필요가 있다. 광주의 극복은 광주의 재현을 넘어 도달한 시인의 정신을 말하는 것이다. 재현은 상처에 머물러 있다는 말도 된다. 하지만 광주는 우리에게 상처를 넘어 다른 세계를 창조할 것을 요구하고 있지 않은가? 상처의 재현을 되풀이한다는 것은 도리어 광주를 정치적으로 소비하고 있다는 의심도 가능하게 하기에 광주를 극복하는 일은 과거의 광주와 미래의 광주를 현재에서 만나게 하는 일이 된다. 이는 과거의 광주와 미래의 광주를 동시에 사는 일이기도 하다.

　　너를 지우는 시간이 길다
　　송정리역에서 내려 막국수 한 그릇 말아 먹고
　　다시 지하철을 타고 돌고개로 간다

몇몇 떠오르는 이들에게 연통을 넣을까 말까

핸드폰을 만지작거린 지 오래되었다

손에 쓸리는 턱수염도 어제 같아서

깨끗이 밀고 네게로 잠행한다

하늘 아래, 날벼락도 이슬비도 휘날리는 깃발도

저항하는 몸도 슬픔도 언어도

붉은 용암으로 분출되는 것을 보았다

묵힌 분노만이 사랑이 된다 애먼

사랑 타령이 아니라 이 지상에 살아가는 동안

눈먼 살을 털고 이백여섯 개의 잠든 뼈를 들쑤셔

어둔 울타리에 갇혀 성난 울타리를 짜고 있는

너와 나를 지우며 간다 오래오래

품으로 깃드는 바람이 깊다

—「광주행」 전문

먼저, 「광주행」을 읽을 필요가 있다.

작품의 모두에서 시인은 "너를 지우는 시간이 길다"라고 하지만 이는 작품의 전체 문맥을 통해 보면 역설에 해당되는데, 그것은 "어제"를 "깨끗이 밀고" 광주에게로 "잠행"하고 있다는 발언을 통해서도 충분히 설득된다. 그런데 광주의 역사적 의미가 또렷이 드러난 현재에 왜 또다시 "잠행"인 것일까? 그것은 시의 화자가 광주를 다시 살고 있기 때문이며 아직 광주의 "저항"과 "슬픔"과 "언어"가 살아 있기 때문이기도 하다. "묵힌 분노"는 그것을 가리키는 언어인데, "묵힌 분노"는 '사라진' 분노가 아니라는 뜻이다. 그것은 아직도 살아 있는 분노이며 과거가 되지 않은 현재의 분노이다. 하지만 시인은 분노에만 머물고자 하는 게 아니라 차라리 아직 살아 있는 분노를 사랑으로 범람시키려는 의지 내지는 미래를 구성하는 힘으로 삼고자 한다. 그 사랑은 세속적인 "애먼/ 사랑 타령이 아니"다. 그 사랑은 비겁한 망각과 허튼 용서를 앞세우는 사랑이 아니라, "눈먼 살을 털고 이백여섯 개의 잠든 뼈를 들쑤셔/ 어둔 울타리에 갇혀 성난 울타리를 짜고 있는" 사랑이다. 이 사랑은 아직 시인의 역사가 비극을 반복하고 있다는 사실을 바탕으로 한 사랑이다. 그럴 때만이 "너와 나를 지우며" 갈 수 있는 것이다. 시퍼렇게 살아 있는 과거를 현재 삼아 시인이 꿈꾸는 것은 "너와 나를 지우며" 가는 길인데, 이것은 바로 미래의 광주를 사는 일에 해당된다.

과거의 광주가 아직 시인의 현재인 이유는, 그의 삶이 아직 살아 있는 광주와 관계 맺고 있기 때문일 것이다. 이는 「망월동에서」「길」「그의 눈을 바라보고 싶다」「얼굴 소묘」 등등 많은 작품에서 드러나고 있듯, 광주에 대한 역사적 평가가 내려졌음에도 광주의 의미가 아직도 우리 현실에 내면화되어 있지 않기 때문이다. 내면화는 둘째 치고, 아직도 광주를 부정하거나 또는 광주에 가했던 폭력이 여전하다는 사실 때문이다. 만일 광주에 가했던 폭력이 여전하다면 폭력에 짓눌린 존재들도 그와 마찬가지로 여전할 터, 이는 다음과 같은 작품들에서 생생하게 그려져 있다.

매년 오월이면 광주 망월동에 빠짐없이
다녀간다는 그는 팔십 년
계엄군의 총탄에 이미 죽었어야 할 목숨인데
아직 살아 있으므로 응당 그러하다며
그러므로 한번 쓴 시는 수정한 적이 없다며

—「빚」부분

은행나무만 보면 보듬고 우는 사내가 있다네

탱크와 헬기에 포위되어 난사된 도청 2층에서 머리만 가린 꿩으로 체포된 날짐승들 줄줄이 손 뻗어 닿는 창문 너머 은행나무 보듬고 내려올 때

매캐한 화약 내음 어둔 복도 안쪽으로 피떡이 되어 나뒹구는 동지들 시체들 울물로 흐르는 선연한 핏물들을 흘깃흘깃

보았다네

—「은행나무 이야기」 부분

이렇게 폭력의 상처들은 차라리 빛을 내면서 시인의 삶을 비추고 있으며 이 악몽의 시간이 시인이 살고 있는 바로 현재의 모습이다. 따라서 박관서 시인으로서는 이러한 현재를 사는 구체적 생동으로 미래를 불러들일 수밖에 없는 노릇이다. 그러나 그 미래는 아직은 불명료한데, 왜냐하면 그 미래는 시인 자신의 영혼을 혹독하게 채찍질하고 나서야 도래할 수 있기 때문이다. 이는 모든 시인이 자처하는 능동적인 자학이며 시인이라는 존재가 시를 통해서 역사적 시간을 밀어가는 자라는 것을 증명한다고 말해도 좋을 것이다. 시 자체가 역사적 시간의 수레바퀴 밑에서 영원을 꿈꾸는 존재의 역량이기 때문에 그것의 담지자이자 이행자인 시인은 기꺼이 그 역할을 버리지 않는다. 이것이 시 바깥의 사람에게는 자학이라 불리기도 하겠지만 시인에게는 벗어나거나 회피할 수 없는 운명에 속한다. 하지만 이 운명은 수동적인 또는 노예의 삶을 일컫는 게 아니라 능동적이고 긍정적인 주인의 삶을 의미한다.

근대 시인들에게 허무와 우울, 또는 분열적인 파토스를 기대하는 것은 근대라는 역사적 시간이 사람들에게

강제한 허무와 불안을 시에게 투영한 결과일 뿐이다. 시는 본래, 그러한 역사적 운명을 거스르는 특권을 소유하고 있는데, 그것은 군림하고 통치하는 특권이 아니라 근대가 부수어놓은 존재들을 제자리에 불러들이는 샤먼 혹은 가객으로서의 특권이다. 따라서 시의 특권은 사회적 권리의 맥락을 갖는 게 아니라 역사에 대한 외경(畏敬)을 회복하는 역량과 불가분의 관계에 있다.

3.

하늘을 나는 그들이 몸에서
마음으로 또는 검은 눈빛에서 양 날개로
주고받는 말들이 어깻죽지로 짠 스크럼들이

울음으로만 들리는 이유가 보이는구나
남북으로 갈려서 더욱 슬퍼 보이는구나

그래. 독재자 그대가 떠나면서 돌아와
모든 게 나의 죄가 되어서야

기막힌 말로 온몸의 뼈를 씻는 그대가

보이는구나, 삼칠일이면 지워지는

맑은 하늘이 맑은 하늘이 되는구나

—「광주의 푸가」 부분

광주의 아픔을 일으킨 독재자가 죽고 나서야 "맑은 하늘이 눈에 들어"온다는 이 작품은 자칫하면 독재자의 죽음에 내지르는 환호성으로 읽힐 수도 있지만, 독재자의 죽음을 통해 시의 화자가 "나의 죄" 곧 '우리의 죄'를 깨닫는 작품이다. 왜냐면 "나의 죄"는 "우리의 노인과 우리의 아이들이/ 독재자"를 받아들였던 그동안의 시간에 관계된 것이기에 "나의 죄"는 의미상 '우리의 죄'가 된다. 비록 현실의 시간은 독재자를 받아들였지만 결국 독재자도 시간의 흐름을 피하지는 못했다. 즉 과거가 되고 만 것이다.

이 작품에서 시의 화자는 독재자와 독재자를 받아들인 시간, 그리고 다른 독재자가 등장하는 순간을 응시하며 도리어 "하늘을 나는 새들이 보이"고 그 새들이 "어깻죽지로 짠 스크럼들"과 그 스크럼들이 우는 울음을 듣는다. 한 명의 독재자가 사라진다고 해서 독재자 그 자체가 사라지는 것은 아니다. 이것이 앞에서 말한 역사의 반복이다. 그래서 이렇게 말하는 것이다. "죄로 살아가는 일이/ 독재가 그대만이겠느냐".

이렇게 우리의 역사는 구제 불능의 시간이 되고 마는 것일까?

발터 베냐민은 「역사의 개념에 대하여」(『발터 벤야민 선집 5』, 길)에서 다음과 같은 말을 한 적이 있다.

> 메시아는 구원자로서만 오는 것이 아니다. 메시아는 적그리스도를 극복하는 자로서 온다. 죽은 자들도 적이 승리한다면 그 적 앞에서 안전하지 못하다는 점을 투철하게 인식하고 있는 역사가에게만 오로지 과거 속에서 희망의 불꽃을 점화할 재능이 주어져 있다. 그리고 이 적은 승리하기를 멈추지 않았다.

이 구절의 앞에는 "과거를 역사적으로 표현"하는 것이 무엇을 의미하는지에 대한 언급이 있는데, "그것은 위험의 순간에 섬광처럼 스치는 어떤 기억을 붙잡는다는 것을 뜻한다." 전승된 것이 지배계급에게 넘어가는 것을 막기 위해서라도 "섬광처럼 스치는 어떤 기억"을 쟁취해야 한다는 것이다. 일종의 '기억 투쟁'을 가리키는 것도 같은 이러한 언술은, 사실 역사적으로 전승된 것들에 대한 승리자의 개가를 유물론적으로 대해야 한다는 의미에 더 가깝다. 다음과 같은 발언을 보라. "야만의 기록이 아닌 문화의 기록이란 없다." 즉 지금껏 남아 있는 전승된 것들("문화의 기록")은 역사적 승리의 개가를 통해 보존된 것이기에 "야만의 기록"이지만 그럼에도 불구하고 "섬광처럼 스치는 어떤 기억을 붙잡는다는 것"을 통해 그 "야만의 기록"을 극복하자는 것이다. 그럴 때에 적그리스도는 극복된다.

「광주의 푸가」를 여기에 기대보면, 광주가 얻은 일정한 역사적 승리마저 "독재자 그대를 받아들이고 나서야" 가능했다는 시인의 인식이나 독재자 "그대가 떠나면서 그대가 돌아"온다는 역사에 대한 비정한 자세는 역사에 대한 베냐민의 저 통찰을 떠오르게 한다. 실제 있었던 독재자에 대한 전승을 시인이 극복하고자 한다는 면에서 그렇다. 여기서 베냐민의 '메시아'는 당연히 종교적인 인격체를 가리키지 않는다. 그것은 "시간이 멈춰서 정지해버린 현재라는 개념"(베냐민, 같은 글)에 가까울 것인데, '시간의 멈춤'은 '역사의 종말' 같은 황당무계한 탈역사적인 의미라기보다는 지독하게도 끝나지 않는 야만과 폭력의 시간의 폭파라고나 할까, 우리의 사상사적 전통에 기대 말하면 '다시 개벽'의 의미와 공유되는 바가 없지 않다. 그 메시아가 꼭 "구원자로만 오는 것이 아니"고 "적그리스도를 극복하는 자로서 온다"는 말은, '시간의 멈춤'을 유예하고자 하는 "적그리스도를 극복하는" 운동을 통해서 메시아가 온다는 뜻으로 읽어도 무방할 것이다. 따라서 「광주의 푸가」에서 역사에 대한 허무를 읽을 필요는 없다. 그리고 시인이 역사에 대한 허무를 말하고 있는 것도 아니다. 도리어 독재자의 무한 출현에서 시인은 "맑은 하늘"을 보고 있지 않은가? 이는 역사에 대한 도저한 긍정이 없이는 도달할 수 없는 상태이다.

이런 판단을 밑받침하는 작품들도 이 시집에 적잖게 실려 있는데, 식민지의 후유증으로 일그러진 우리의 역사에 대한 비판적 통찰과 더불어 미얀마 민중항쟁에 대한 연대(「바라보는 미얀마여, 바라보소서!」) 그리고 시인 자신이 사는 마을에 들어오려는 공장식 대형 축사에 맞서 싸우면서 남긴 시적 기록(「월선리 4년 차, 현금숙 여사의 노래」) 등에서 그것은 확인된다. 다소 꿰어지지 않은 구슬 같은 느낌도 없지 않지만, 광주에 대한 시인의 인식이 기점이 되어서 야만과 폭력의 역사 전체로 둥근 원처럼 퍼져 나가는 과정에 있는 것 같다. 하지만 이럴 때 함정은 역사를 사건 위주로만 바라볼 수 있는 사태이다. 이는 베냐민이 말한 "섬광처럼 스치는 어떤 기억을 붙잡는" 것에 미치지 못하는 결과를 초래할 것이다. 물론 베냐민의 생각이 금과옥조인 것도 아니고 베냐민의 생각마저 시인 자신의 비판적 지성으로 검토해야 하지만, 역사를 사건의 기록으로만 받아들인 상태에서 이를 시화(詩化)하는 일에는 시를 벼랑에 세우는 위험이 필연코 따라오기 마련이다. 이 점에 대해서는 또 다른 논의가 필요한 일이기에 여기까지만 해두기로 하자.

4.

시집 4부의 소제목은 '다시, 길을 나서며'이다. 4부에 실린 시편들은 시인이 사는 지역과 이웃들에 대한 이야기로 이루어져 있다. 사실 '시의 본령'이라는 것은 따로 존재하지 않지만, 이런 작은 목소리들에서 시인의 내면의 진솔한 모습을 느끼는 것은 그것대로 진실에 가깝다. 우리의 내면이라는 것 자체가 이른바 외부 세계와 동떨어진 채 존재하는 영역도 아니고 또 선험적으로 있어왔던 것이 아니니 만큼, 의식과 무의식, 외부와 내면을 분절해서 구분하는 것은 무의미한 일이다. 하지만 내면이라는 것은 지금 당장 벌어진 눈앞의 사건에 대한 심리적 출렁임을 일으키는 바탕으로서의 감성의 구조인 것은 분명하다. 물론 이 감성의 구조 자체도 우리가 겪은 사건과 사물에 대한 경험으로 이루어진 것이지만 아무래도 순간적인 심리적 출렁임이 정념에 가깝다면 내면이란 것은 한 개인의 기질과 경험, 그리고 서 있는 자리에 의해 응축된 것이라 봐도 크게 틀린 말은 아닐 것이다.

먼저 오랜 철도노동자 생활을 마치고 적은 듯한 「다시, 길을 나서며」에서는 익숙했던 생활을 벗고 "밖으로 나서니 하늘이 갈라졌다"라는 인상적인 구절로 시작된다. 이는 우리가 일상적으로 경험할 수 있는 어떤 분열을 표현한 것인데, 이에 대해 시인은 "내 안으로 난 길을 따라/ 내 밖으로 난 길을 따라" 가보겠다는 긍정의 자세를 취한다. 문제는 분열이 아니라 분열에 굴복하는 것이다. 분열에 굴복하는 것은 병증을 낳지만 분열을 긍정하는 일에는 '새 길'이 주어진다. 그 '새 길'이 박관서 시인에게는 "용서 없이 사랑해보련다"이다. 이런 태도는 앞에서 살핀 「광주의 푸가」와 닮아 있다. 적을 사랑하는 일은 적을 용서하는 것이 아니라 궁극적으로 자신을 사랑하는 일이며 이 사랑은 '새 길'의 창조로 이어진다. 이번 시집 전체에서 '새 길'에 대한 명료한 징후를 찾기는 쉽지 않지만, 역사를 말하면서도 자신이 사는 지역과 이웃에게서 떠나지 않았다는 것은 눈여겨볼 만한 대목이다.

밀려난 꿈은 가장자리가 가장 깊다
사는 일에 목을 걸고 맴을 돌다
국토의 맨 끝 가거도에 이르러
이웃 나라 닭 울음에 귀 기울이고 있는
녹섬 앞 둥구회집 평상에 앉아

검정 보리술로 목을 헹구면

박혀 있던 낚시미늘마저 따뜻해진다

밤 깊은 동개해변 찰랑거리는

둥근 달빛에 젖어 흠뻑

사는 일 흔적도 없이 지워져

남의 나라 남의 일이 될 즈음에야

새로워진 나를 만난다 스스로 깊어진

가장자리를 만난다 생무릎 꺾여

밀려나보지 않은 이들은 평생을 살아도

가거도에는 이르지 못하리

—「가거도行」 전문

    비록 꿈은 밀려났지만 '갈 곳'이 있다는 것은 아직 꿈이 종말을 맞지 않았음을 가리킨다. 이 '갈 곳'이 사라질 때 우리에게 남는 것은 바닥 모를 허무뿐이다. 반대로 우리를 허무의 수렁에서 건져주는 것도 바로 이 '갈 곳'인데, 유대인에 대한 히틀러의 '최종적 해결'이 베냐민 자신에게도 압박해 들어올 때 그도 '갈 곳'을 꿈꿨던바 그곳은 바로 조상의 땅인 팔레스타인이었다. 베냐민의 사상이 마르크스주의에 유대 사상이 뒤섞여 이루어진 것은 이렇게 그의 무의식에서 '갈 곳'이 죽지 않고 살아 있었기 때문일지도 모른다. 자본주의 체제의 폭력적인 수탈과 착취로

인해 '서 있는 곳'이 거의 사라져가고 있는 우리에게도 '갈 곳'이 상징하는 바는 결코 작지 않을 것이다. '갈 곳'이란, '서 있는 곳'을 버리거나 체념한 뒤에 따라오는 것이 아니다. 도리어 '서 있는 곳'을 끊임없이 일깨워주고 돌아보게 하는 꿈에 가깝다.

가거도에 가서 시의 화자가 확인한 것은 "새로워진 나"이다. 가거도가 시인의 '서 있는 곳'은 아니지만 "새로워진 나"는 당연히 '서 있는 곳'을 재활성화한다. "둥근 달빛에 젖어 흠뻑/ 사는 일 흔적도 없이 지워져"는, '서 있는 곳'의 소멸이 아니라 '서 있는 곳'의 굳어짐을 흔들어 깨우는 것으로 읽어야 맞다. '서 있는 곳'은 오늘날 언제나 위태롭다. 역사와 실존이 아무 관계없이 외따로 떨어진 것은 아니지만 개인이 구체적으로 느끼는 것은 어쨌든 실존의 위기이다. 그 실존의 위기를 시인은 이미 "밀린 꿈"으로 말했잖은가. 마지막에 다시 한번 "밀려나보지 않은 이들"을 통해 자신의 실존의 위기를 반어적으로 말하고 있기까지 하다.

어떻게 보면 실존의 위기와 실존의 '다시 개벽'을 동시적 사태로 만드는 것이 구체적 생동의 운동인지도 모르겠다. 역사가 개인의 실존에 아무런 위협이 되지 않는다면 역사는 삶과는 무관한 것이 된다. 그러한 역사는 역사학자들이 서재에서 다루는 역사'학'일지는 모르겠으나 민중에게 역사는 언제나 민중 자신의 실존을 위협하거나 고양시켜왔다. 가깝게는 지난 촛불항쟁과 그 이후 시간을 통해 여실히 경험했잖은가.

역사가 반복된다는 사실은 언제나 두 가지 길을 제시한다. 야만과 폭력이 반복된다면 투쟁과 극복도 반복되고, 통곡과 슬픔이 반복된다면 웃음과 기쁨도 반복된다. 우리에게 주어진 선택지가 무엇인지 여기서 말하는 것은 불필요한 일이다. 여기서 우울과 분열은 반복되는 게 아니다. 우울과 분열은 지속될 뿐이고, 이 지속에 빠져 있는 게 근대인의 특징이기도 하다. 하지만 투쟁과 극복, 웃음과 기쁨을 반복할 줄 아는 역량은 우울과 분열마저도 친구로 삼을 줄 안다. 그리고 그것을 김수영은 '사랑'이라고 불렀다.

삶
창
시
선

———